NU

suivi de

SUR LE DESSIN

Jacques Richard

Illustrations de l'auteur

ONLIT — EDITIONS

NUES

À celles qui ont posé

Plus énergique sera notre intention de voir les choses mêmes, et plus nous verrons foisonner entre elles et nous les apparences par lesquelles elles s'expriment (...)

Maurice Merleau-Ponty

J'ai commencé à peindre une série de femmes il y a une dizaine d'années.

Nues, en pied et grandeur nature. De face. J'ai pensé à cela de temps à autre, pendant un an à peu près, sans donner suite. Il fallait que l'idée se développe, prenne assez de place pour se clarifier dans mon esprit, et se resserre ensuite pour pouvoir se matérialiser sur une toile.

Je ne pensais pas, d'abord, écrire sur le sujet. Parler de peinture n'a rien à voir avec peindre. Mais au jour le jour, les idées, les expériences, les réflexions qui traversent ordinairement l'esprit dans le courant d'un travail de peinture m'ont conduit à formuler ce qui se passe. Avec ces femmes tandis qu'elles posent. Ou pendant que je dessine et que je peins. Ou quand finit la séance. Quand le tableau est terminé. Peut-être cela vaut-il d'en garder trace.

J'utilise toujours une surface de mêmes dimensions, une toile de même qualité tendue sur un châssis. De la peinture à l'huile. Un travail d'un réalisme précis, mince et sans effets. Pas de gestes, quasi pas d'effets de « matière ». Pas d'expressionnisme non plus, ni de cet « hyperréalisme » qu'on veut parfois reconnaître à tout prix.

La personne est sans vêtements, dans une pose simple, où elle se sent bien. Pour mieux dire, où elle lâche prise.

Où elle m'apparaît.

Pas de décor. Un fond blanc ou très clair, une ombre portée diffuse qui l'en détache et fait de la peinture autre chose qu'une image documentaire. C'est tout. Sans sécheresse, mais sans concessions. Certainement pas au goût, bon ou mauvais, ni à un « style » quel qu'il soit. Pas neutre non plus, pas plat. Nu. Comme la femme devant moi. C'est le moins qui lui soit dû. Je pense que c'est ce qui devrait leur avoir toujours été dû, aux femmes que l'on peint, quelle que soit la manière : qu'à la nudité qu'elle montre réponde quelque chose du même ordre chez celui qui la peint. Une peinture nue. Aussi juste et sereine que j'en serai capable.

Il faudrait que j'en fasse plusieurs. Assez pour que m'apparaisse quelque chose qui réponde peut-être à ce que je cherche.

D'abord, il s'agit de peindre et de façon réaliste, c'est-à-dire d'utiliser une technique traditionnelle, historique, connotée, pour un travail qui porte une tradition aussi vieille que la peinture, que je reprends maintenant à mon compte et qui s'adresse à ceux d'aujourd'hui.

On marquera à coup sûr le lien avec ce qui s'est fait avant, toutes ces femmes, ces Vénus, ces Grâces et autres *Demoiselles d'Avignon*.

Mais en même temps, rupture, peut-être. Pas d'anecdote, de poses apprêtées, d'attitude,

de pathos, pas de glorification de « la femme ». Pas d'allégories, pas de Vénus justement. Le moins possible de références à quelque travail, récent ou non, qui y soit apparenté.

Si quelque chose s'exprime dans le courant d'une séance, se dégage d'un regard, de son port, de la fatigue de son corps, que sais-je, l'attraper au vol, s'il se peut. Être, là comme ailleurs, en littérature par exemple, à l'affût de ce qui se passe. Et, avec l'urgence patiente d'un ours pêchant au bord de la rivière, donner à temps, sur le poisson qui passe, le coup de patte qui lui permettra de manger.

Il s'agit, comme toujours, de donner à voir. Juste la femme qui est là. C'est le nœud de ce travail. Je peins une femme qui est là. Non comme un modèle qui attend plus ou moins que ça passe, mais une personne vraie, belle ou non, jeune ou pas, sans mise en scène, sans gestes avantageux, sans dispositif autre que le fait qu'elle se tient debout devant moi dans le but d'être regardée et puis peinte. Elle sait au départ ce qui va se passer et c'est en connaissance de cause qu'elle est là. C'est un dispositif qui ne ressemble à aucun autre.

Mais il n'y a rien de « naturel » là-dedans, évidemment. Un homme qui regarde une femme nue qu'il ne connaît presque pas, ce n'est pas naturel. Et les animaux dénaturés que nous sommes ne vont pas nus. Nous sommes aussi des êtres de culture. Elle seule déjà nous habille – et tellement plus que nous ne le pensons.

La question se joue donc précisément sur le fait qu'il y a regard. Et qu'il va se traduire dans de la peinture, se fixer dans de la peinture.

Ce qui restera de ce regard, ce sera la peinture.

La première femme qui a posé s'appelle N. Un mètre soixante-sept, si je me souviens bien. Jeune, mince, assez osseuse, presque anorexique. Profonde lordose. Seins petits, mollets puissants. Je lui ai demandé si elle faisait du vélo. Un peu gauche parce qu'elle n'a jamais posé. Je dois lui expliquer comment se mettre, donner des précisions – ce qui la raidit, fait de son corps autre chose que ce qu'il serait peut-être sans mon intervention – et je finirai par découvrir l'inattendu que j'attendais dans un moment où elle s'ennuie.

J'ai eu un peu peur quand elle s'est retrouvée devant moi. De son air fatigué, teint trop pâle, chutes de tensions qui lui mettaient du vert aux ailes du nez. Deux fois elle a dû s'asseoir.

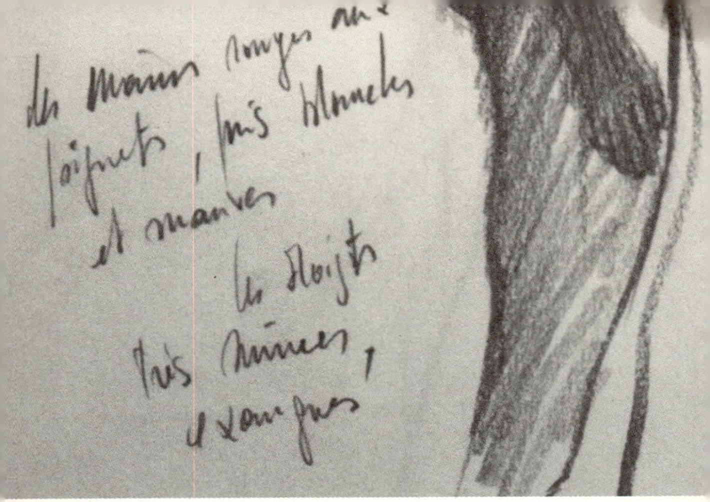

À même le sol, en vitesse : elle tombait dans les pommes. Je lui ai demandé si elle avait mangé, bu, dormi. Quelque chose de ce romantisme adolescent de l'excès. Ça suscitait chez moi des gestes et des inflexions d'aîné, paternelles. Un peu ridicules, sans doute. Une couverture, de l'eau sucrée, du thé...

J'ai écourté la séance.

Je lui ai demandé plusieurs fois de revenir. J'avais besoin de la dessiner, de l'étudier avant de commencer à la peindre. Plus fait ça depuis quelque temps, malgré les leçons que je donne. J'ai pris des photos.

Quand elle se couvre, c'est qu'elle a froid. Elle semble, après un temps, absolument sans pudeur, le pull entrouvert pendant qu'elle boit son thé. Piercing au nombril. Elle est assise sur ma chaise haute et rougit jusqu'au sternum chaque fois que je lui pose une question sur elle. Elle sourit parfois en fronçant le nez et en avançant le visage quand je dis quelque chose qui la fait rire, la détend, me détend. Son visage est très joli, alors.

Au début, donc, malaise. Je n'ose pas la dévisager, fixer telle ou telle partie de son corps. J'ai peur de lui faire peur et retranche mes regards derrière le carnet de croquis, le dessin à faire. Ce n'est pas neutre, pas anodin, et c'est précisément ce que je veux mettre en œuvre. Vieux poncif de la relation du peintre au modèle. Regarder, voir et faire voir, mais pas toucher. C'est une relation sexuée, pas sexuelle, malgré les légendes d'atelier, les fantasmes et les âneries qui alimentent la petite histoire de la peinture. Mais l'ambiguïté subsiste, sans doute jusqu'à la fin du travail.

Le plus souvent, on fait davantage ce qu'on peut que ce qu'on veut. Au mieux, le peintre donne à voir, à travers la personne nue, le regard qu'il a eu sur elle. Il y a aussi ce que le modèle attendait de ce regard-là et qui modifiera, malgré elle peut-être, son attitude. On *touche* l'autre du regard. Comme si le peintre ou le dessinateur *creusait* du regard dans la surface, dans la carapace du visible. Cela a une influence sur la personne regardée et ça se voit.

Et puis, difficile de demander à une femme qui pose : « Alors, qu'est-ce que ça fait d'être regardée comme ça ? » Regardée comment, d'abord ? Nulle part ailleurs on ne regarde une femme de cette façon. Un regard sans désir, parce qu'on ne désire pas quelqu'un de but en blanc. Si ça arrive, c'est après du temps, je ne sais pas. Une réciprocité, alors, un échange, mais autre que celui qui est à l'œuvre ici. C'est un regard sans admiration, parce qu'on ne comprend pas encore ce qu'on voit et que l'impression de beauté ne vient que dans une certaine familiarisation avec le corps de l'autre. Quand un peu d'habitude s'est installée qui l'a, disons, revêtu de quelque chose où l'admiration a sa part. Et même s'il y avait l'un et l'autre d'emblée, désir et admiration le cèdent au besoin de comprendre pour pouvoir travailler, à l'analyse de ce qui s'offre à voir. La personne vue subit, consciemment ou non, l'acuité d'un regard qui, encore une fois, ne sera aussi acéré que dans cette circonstance-là. Intime, inquisiteur et en même temps distancié par le travail, par les gestes qui résultent de l'observation. Le dessin et la recherche qu'il nécessite font que la personne devenue modèle n'en est plus que le prétexte. La réalité visuelle du dessin en train de se faire se superpose à celle de la personne présente.

Dans ce travail-ci, toute la difficulté consiste à garder palpable, presque dans le sens tactile du mot, la personne qui vient se montrer, se donner à voir, à maintenir intacte la brutalité première, la force élémentaire de sa nudité. Pas un modèle, quelqu'un.

Je ne suis pas photographe, mais je pense qu'une photo ne peut pas faire ça. Qu'on le veuille ou non, c'est un instantané, même s'il est le fruit d'un long travail d'apprivoisement réciproque du modèle et du photographe : les gestes et poses de l'un sous le regard de l'autre. Le cinéma, la vidéo en plan fixe, peut-être, mais là, on est en « temps réel ». Il faudrait analyser pourquoi ce type de travail, l'image mécanique, ne produit pas du tout le même effet que la peinture alors que, dans les deux cas, le temps sert de révélateur. (Peut-être la matière de la peinture se substitue-t-elle sur la toile à celle de la peau, nous restituant ainsi une « présence » quand notre œil s'accroche à ses aspérités.) En peinture, la longueur du temps d'exécution fait précisément partie de ce qui permet que, de la personne qui a posé, quelque chose apparaisse, je veux dire soit « là », se révèle. Il y a cela dans la photographie et le cinéma aussi (voir *Blow-Up* d'Antonioni), mais en peinture,

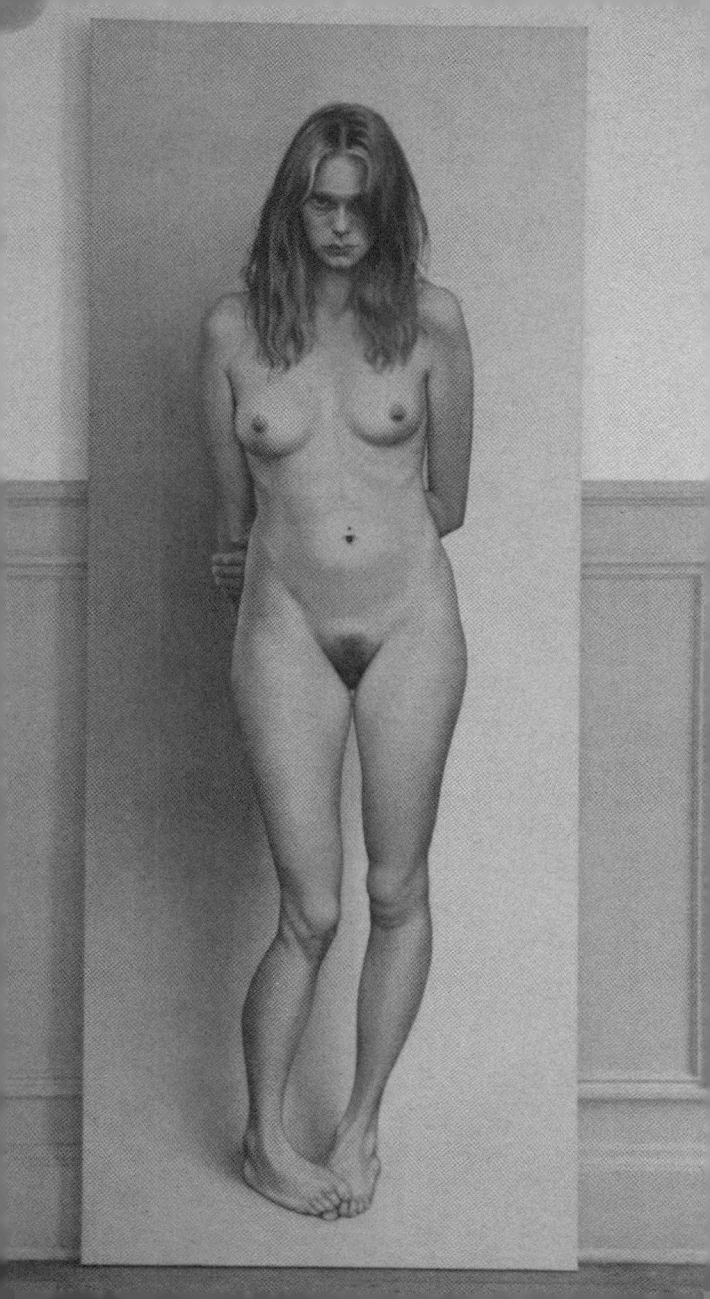

la succession des séances, tous les aléas que ça suppose, les superpositions, les corrections, les découvertes, séance après séance, laissent leurs traces comme autant d'âges du portrait (du tableau) et forment la trame de cette sorte de réalité nouvelle, de phénomène que constituera l'œuvre venue.

Pour ce qui est de N., elle a fini par me dire que ce n'était pas son idée à elle de poser. Elle y mettait de la bonne volonté, quand même. Après quelques séances, j'ai continué tout seul en me basant sur les documents que j'avais amassés. Quand j'ai eu fini, je le lui ai dit, mais elle n'est pas venue voir.

B. était une de mes élèves. Je la connaissais donc un peu. Elle avait mon âge, à peu près, et n'aimait pas se l'entendre dire. Même taille que la précédente. Lunettes. Elle aimait rire. Caractère aimable. Je lui disais sans beaucoup de détours ma façon de penser quant à ses exercices de peinture, souvent très bons, d'ailleurs. Elle écoutait sans se vexer quand cela lui semblait juste, souriait beaucoup et se sentait apparemment prise au sérieux.

C'est elle qui m'a demandé de poser pour moi, et ça m'a un peu désarçonné. Elle avait tout de même un ton de confidence. Le rendez-vous a été reporté plusieurs fois. Quand elle est venue, elle s'est montrée surprise du travail précédent, inquiète de la grande ressemblance.

« C'est vraiment très réaliste ! »

Elle a donc fini par aller se déshabiller. Elle s'inquiétait un peu d'une cicatrice. Elle était dans la position de refuser de se montrer tout en voulant être regardée. S'il doit y avoir une « clef » à ce qui motive une femme à poser, peut-être est-ce dans cette ambiguïté. Je lui ai dit que ça n'avait pas d'importance, la cicatrice. Sa gêne, au début, me la rendait difficile à regarder et mes premiers croquis sont malhabiles et brutaux. Je lui disais que ce serait très bien, aussi bien que la précédente. Elle a rougi et s'est exclamée : « J'espère bien ! » Elle prenait un ton d'autorité suscité sans doute par le malaise où la mettait sa position de modèle. Je lui ai expliqué qu'il ne s'agissait pas de la comparer, mais que j'allais sans doute pouvoir faire une peinture d'elle aussi, etc.

J'ai pris une série de photos. Je me suis contenté d'une seule séance.

J'ai montré depuis cette peinture à des gens, des femmes qui la connaissent. Et, passé l'effet d'impact, l'une d'entre elles a dit qu'elle n'y arrivait pas, qu'elle savait que

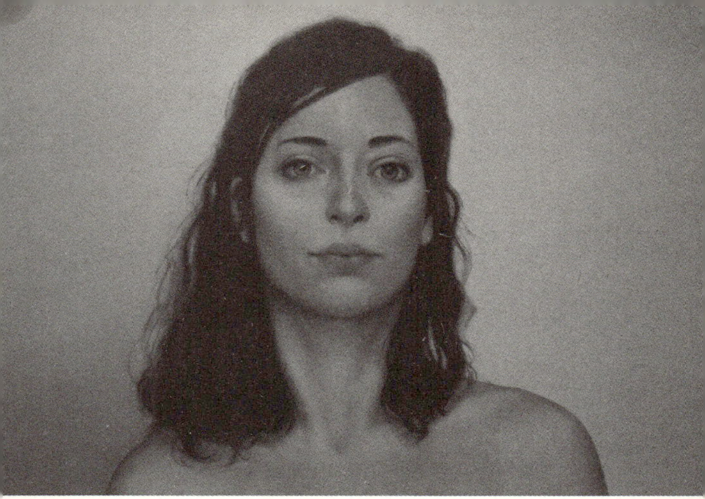

c'était B., mais qu'elle n'arrivait pas à comprendre comment elle était là. Je ne sais pas si elle voulait parler de la peinture ou du fait que B. avait posé. Qu'elle ait « fait ça ». Les deux sans doute.

Le tableau fini, l'intéressée n'en a plus parlé et ne l'a jamais vu, elle non plus.

Un modèle qui ne nous est pas sympathique rend les choses plus difficiles et j'ai mis longtemps à finir le travail avec la personne suivante. Ses expressions de visage étaient étudiées, fabriquées. Elle donnait l'impression de s'ennuyer et ne faisait aucun effort pour s'en cacher. Elle était fière de son corps, de sa jolie figure et essayait des moues entre deux bâillements, des effets de pose. Je ne suis arrivé qu'à cette expression d'indifférence rêveuse que l'on prend parfois pour de la « vie intérieure ». Elle non plus n'est pas revenue voir la peinture finie.

K., c'est le contraire. Une bonne volonté rare, une complicité intelligente où l'assurance et la mobilité compensaient l'absence bienvenue de professionnalisme. Elle cherchait à comprendre ce qui m'était nécessaire sans aller au-devant et s'y prêtait de bonne grâce. Elle bougeait, elle parlait et cela maintenait l'attention en éveil. La multiplicité de ses expressions, ses mimiques me donnaient une série de difficultés supplémentaires dont la moindre n'était pas de choisir tel trait caractéristique, mais d'en laisser affleurer la diversité dans la pose arrêtée. Quoi qu'il en soit, la connivence facilite le travail. Il s'en dégage alors parfois je ne sais quel rayonnement qui le détache du lot. Elle était très contente de poser. Elle est venue voir le travail en cours plusieurs fois.

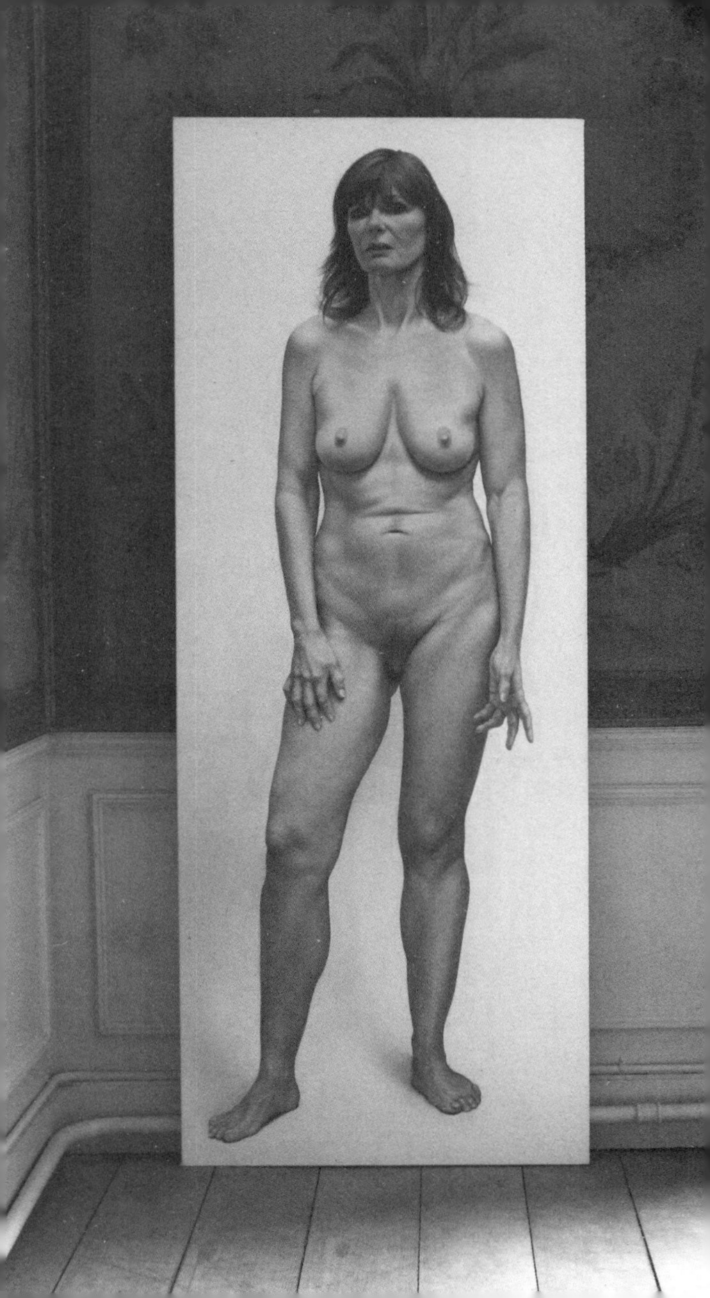

Cette question du moment où se révèle la pose qui convient me paraît essentielle. Ça ne vient pas tout de suite. D'abord parce que si la pose était la bonne du premier coup, c'est moi, sans doute, qui ne le verrais pas. Je ne suis pas prêt, pas familiarisé avec le corps qui est devant moi. Impressionné, inquiet, mal à l'aise. Je regarde mal à ce moment-là. C'est toujours un choc, si habitué que je sois. Toujours autre chose que ce à quoi je m'attendais et, même quand je ne m'attends à rien, c'est une surprise. Mais pas du tout quelque chose d'agréable. Une agression.

Un homme qui regardait l'ensemble du travail m'a fait la réflexion que cela avait quelque chose d'agressif.

– De brutal ?
– Non, d'agressif.
Et de nuancer :
– On voit quelqu'un de peint. Son visage n'a aucune expression d'agressivité et cependant, on se sent agressé – je me sens agressé.

Nous sommes si habitués aux vêtements, à ce que tout soit caché. Nous sommes empreints de pudeur et même, en ces temps où l'image d'une nudité surjouée est étalée dans ce qu'elle a de plus cru, d'une pudibonderie qui est le revers de cet étalage. Nous n'avons pas, au quotidien, affaire à des corps, mais à des visages. Parler à quelqu'un, le regarder, c'est regarder son visage. Quelqu'un, c'est un visage. Y penser, c'est penser à son visage, pas à son corps, sinon dans le désir. (Et même alors, je crois que le visage est le principal agent du désir.) Quand quelqu'un se montre nu, il y a trop à voir. Ça dit trop de choses à quoi on n'est pas du tout préparé. C'est toujours tout à fait nouveau. Aussi, un peu décevant. Qu'est-ce que c'est que tout ça ? Que faire de ce que je vois ? Je n'ai pas envie de voir ça. J'ai envie d'annuler la séance. Je voudrais que ce soit plus neutre. Non, pas neutre, idéal. (Les corps nus dans les films de Pasolini, par exemple, présentent de menues imperfections ; ils sont assez éloignés des canons attendus et c'est ce qui les montre *plus nus*, ce qui en fait la beauté.) Et ce n'est jamais idéal. C'est toujours quelqu'un, même quand la personne se veut aussi impersonnelle, distante, « professionnelle » que possible. Ce qui en fera finalement l'intérêt éventuel – ce qui la caractérise – est, au départ, ce qui me rebute. Je constate en la regardant qu'il y a entre elle et moi, entre son corps et mon regard, comme un écran, la recherche plus ou moins consciente de stéréotypes à quoi me raccrocher. Mon œil est fermé par l'imagerie quotidienne, alors que le fondement même de ce travail exige d'aller exactement dans le sens opposé. Les premiers dessins servent à ça : me familiariser. Faire le vide. Permettre aux gestes de ma main de m'ouvrir l'œil petit à petit.

Et puis, elle aussi, la femme debout, nue, elle n'est pas à l'aise, même si elle veut en donner l'apparence. (Vouloir en donner l'apparence, ça fait partie de ce qui retarde le moment où on commence à travailler pour de bon.) En tout cas, jamais tout de suite. Dans un atelier où l'on travaille nombreux avec le même modèle, peut-être. Le nombre et la diversité des regards dilue la sensation de leur singularité. Mais sous le regard d'un seul, non, je ne crois pas. Elle se tient gauchement, surtout quand je lui dis qu'il ne faut rien faire, juste rester debout, les bras ballants. Elle non plus n'a pas grand-chose à quoi se raccrocher. Rien de ce qui appartient aux conventions de nos relations quotidiennes ou à celles que pourraient lui offrir des attitudes « plastiques ». On parle très peu au début.

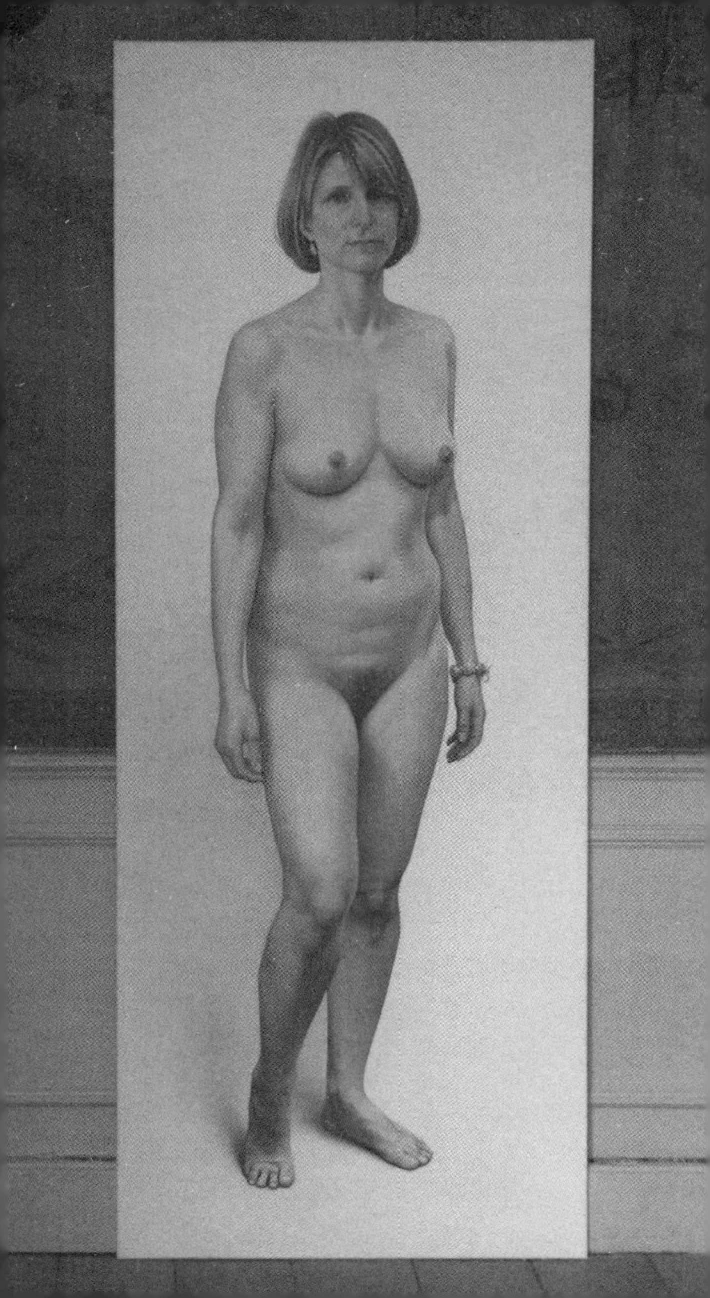

Et puis, de qui est qui, de ce qu'elle fait, etc. On s'interrompt, je sers du thé. J'essaie de la faire rire...

Je reviens à la question du pourquoi. Toutes les femmes qui sont venues poser semblaient vouloir quelque chose en faisant ça, en se montrant ainsi, en se laissant regarder et peindre. Cela semble être une question de rapport à leur corps : l'une maigre jusqu'à l'anorexie, l'autre trop grasse, une autre encore au seuil de la vieillesse. Je crois que même si elles étaient parfaites, ce serait pareil.

Le fait que la majorité d'entre elles ne reviennent pas « se voir en peinture » me donne à penser que c'est plus poser qu'être peintes qui leur importe.

Les modèles qui posent pour mes cours de dessin sont rarement curieuses des résultats de mes élèves et, quand elles le sont, ce sont en général des débutantes ou des remplaçantes occasionnelles.

Pourquoi une femme veut-elle se montrer nue pour être peinte ? Je ne peux pas répondre à sa place, mais je pense qu'il n'y a pas de vraie réponse. Il n'y a pas de réponse unique, puisque chaque femme est différente. Il peut s'agir, sans doute, de la recherche d'un regard qui ne serait, comme dit plus haut, ni neutre, ni déterminé par une de ses fonctions habituelles, médicales ou sexuelles. Un regard sans conséquence concrète sur le corps de celle qui se montre. Un regard qui serait voisin de celui qu'elle s'accorde devant le miroir, mais qu'elle délègue dans l'atelier, mettant le peintre à la place d'un miroir qui lui ferait voir son image avec d'autres yeux que les siens. Avec cette différence que dans ce cas-ci, s'il n'y a pas de conséquence directe sur la personne, sur le corps de l'intéressée, il reste quelque chose du regard posé sur elle.

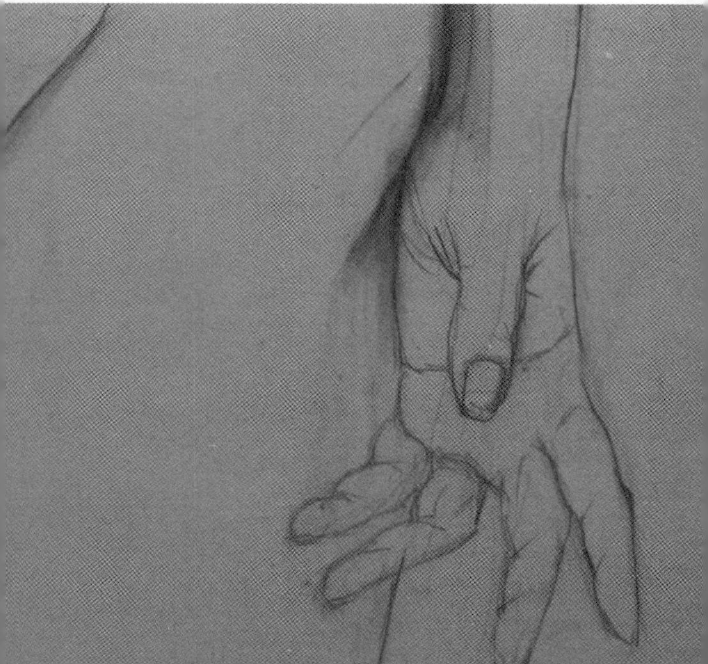

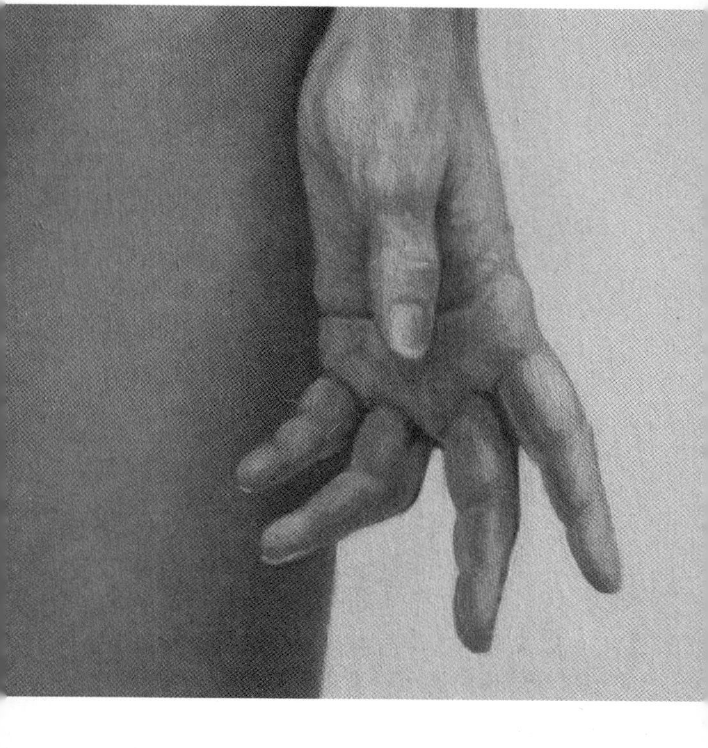

On notera au passage que, techniquement parlant, ma seule exigence est que, le moment venu, celle qui pose me regarde droit dans les yeux. Cela produit l'effet bien connu que la peinture, le portrait, fixe le spectateur, « le suit des yeux ». Ledit spectateur se trouve alors lui-même dans la contrainte de devoir « rendre » son regard à la femme peinte, tout en cherchant à contempler, en étant sollicité par ce qu'elle ne montre en principe que dans l'intimité. C'est bien sûr une façon de restituer, en dépit de tout, un vêtement au modèle et de faire que le spectateur, tenu « à bout de regard », soit à sa juste place. Et en prenne conscience, s'il se peut.

Le nombre des tableaux réalisés diminue sans doute l'effet de dialogue singulier, de présence réciproque que peut en produire un seul. Mais en contrepartie, la répétition et l'assemblage des toiles produit un effet d'environnement, d'encerclement, de regard collectif sur le spectateur qui passe sans le vouloir de regardeur à regardé. C'est peut-être ça, la sensation d'agression dont je parlais plus haut.

Cela dit, il n'y a pas là de recherche du type collection, pas d'*Air du catalogue* et elles ne seront jamais *mille e tre*. Mais je ne peux me déprendre de l'idée que chaque femme m'a « donné », dans la peinture que j'en faisais, quelque chose d'elle-même. Ainsi, d'une toile à l'autre se précise pour moi aussi ce que c'est que regarder le corps d'une femme.

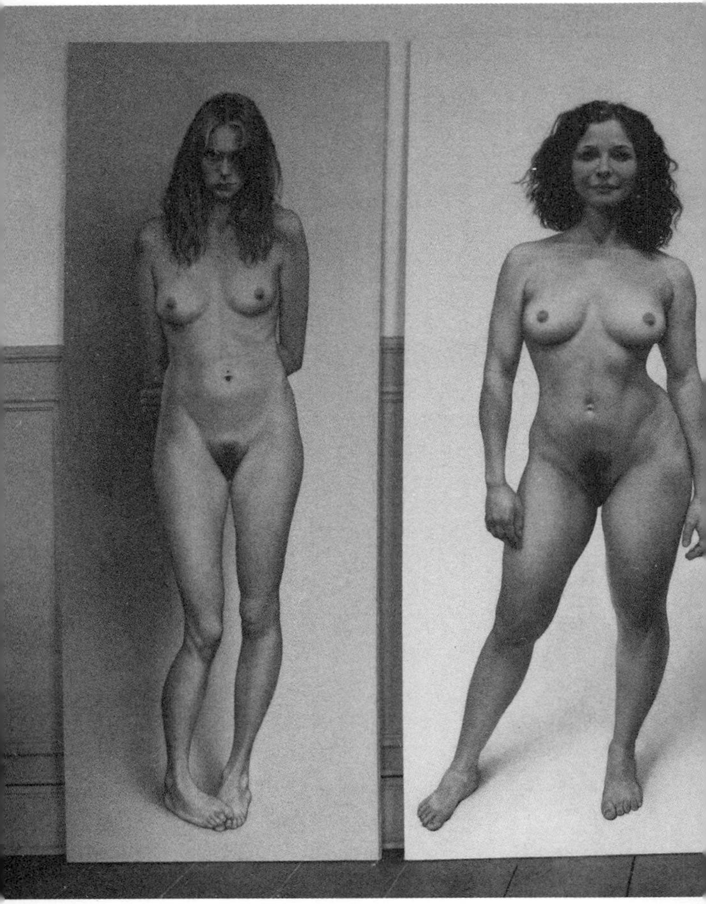

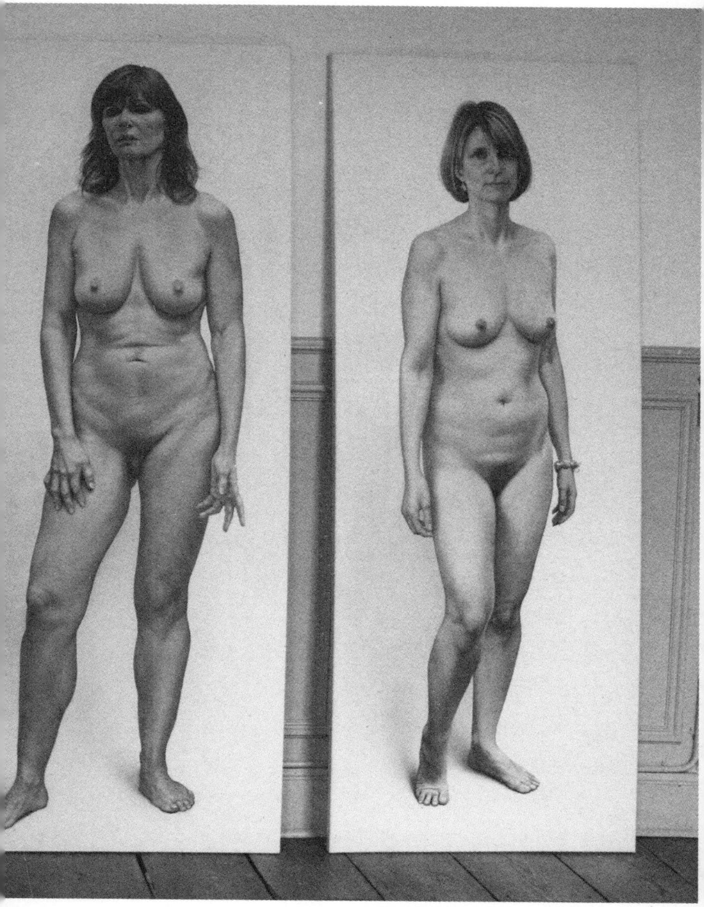

Pourquoi peindre une femme ? Pourquoi une femme plutôt qu'un homme ? Je ne sais pas. Les tentatives de réponses me semblent oiseuses. Ça fait partie, comme beaucoup de questions intéressantes, de celles qu'on peut laisser sans réponses. Et ce n'est pas le revers de la question « pourquoi une femme veut-elle être peinte ? »

Parce que je ne les connais pas ?

Certainement.

Mais je ne comprends pas la différence qui nous sépare et nous donne envie de nous rapprocher en même temps. Donc le désir est sans doute pour quelque chose dans ce type de peinture.

Je vis à leurs côtés. Je les regarde en rue et je les trouve belles. Je peins les femmes parce que je les trouve belles.

Mais je ne comprends pas, encore une fois. La beauté nous dépasse et c'est une bonne raison de peindre. On veut la reproduire, la réinventer pour la comprendre, se l'approprier de peur qu'elle ne s'efface, la tenir dans la répétition du quotidien, l'apprivoiser dans l'habitude pour exorciser la crainte qu'elle nous inspire. Et ce sont autant d'occasions où elle nous échappe. Si la peinture pouvait apporter des réponses à ces questions, il y a beau temps que ce serait fait. C'est un des moyens auxquels j'ai accès pour en tenter à mon tour l'expérience.

Plus mes yeux me rapprochent de ce que je contemple, plus ma place se définit comme autre que ce que mes yeux touchent.

C'est de ma part la tentative délibérée de mettre en évidence ce que c'est pour moi qu'un « autre ». Je rejoins par la peinture, à travers la question du regard de l'autre, du regard sur l'autre, un thème récurrent de mon travail d'écrivain, celui du miroir que chacun est pour l'autre. Ici le miroir en question prend la forme de l'interface que constitue l'œuvre peinte. La peinture est autant une image, un reflet de moi qui l'ai peinte, de moi qui la contemple, que de celle qui a bien voulu se prêter au jeu et me regarde, elle aussi, ou pour mieux dire, me laisse devant un moment déjà enfui de son regard. L'altérité est ici d'autant plus radicale que j'ai affaire à « l'autre moitié de l'humanité ». Elle me demeurera – et c'est aussi ce qui en fait l'attrait – à jamais inconnue, pour ne pas dire étrangère. En ce compris la part ignorée, féminine, dont, en moi-même, quelque chose m'anime que je ne connais pas.

L'artiste est derrière l'œuvre, pas devant. C'est sa place. Ou alors il n'y a ni œuvre ni artiste. Une œuvre accomplie est décidément un miroir. Elle a la transparence d'une glace sans tain et montre du peintre ce qu'elle en a fait. C'est à travers cette transparence que l'artiste, plutôt que de s'exhiber en pleine lumière, se laisse discerner dans le reflet de celui qui contemple l'œuvre.

SUR LE DESSIN

À mes élèves

Regarder une chose et la voir sont deux actes très différents.

Oscar Wilde

JE DESSINE CE QUE JE VOIS

L'organisation des choses et du monde nous échappe la plupart du temps. Nous n'en saurons probablement jamais rien. Nous voudrions un ordre, nous le pressentons, mais il nous reste quasi inconnu. Indifférent le plus souvent.

L'art nous permet de déblayer le chaos apparent du visible pour en extraire un peu de sens.

Une mèche de cheveux nous apparaît d'abord comme la touffe de tous les fils vivants qui s'y entremêlent. Puis, l'attention aidant, elle montre une organisation que nous n'arrivons pas encore bien à démêler et dont nous devinons l'ordre sans pouvoir le traduire.

La contemplation, l'attention flottante est un moment du regard, un préalable à l'observation.

Passé le choc du premier coup d'œil, ce moment d'émotion où tout est là en bloc, vient le besoin de comprendre, d'analyser. Les étapes du dessin imposent celles du regard.

Le regard creuse dans l'opacité du visible à mesure que ce qu'il faut représenter l'impose. Il s'agit de regarder mieux.

Analyser le donné brut du premier regard, c'est « y regarder à deux fois ».

Analyser, ce n'est pas perdre l'émotion de la contemplation, mais la retrouver plus profonde dans la compréhension de ce que nous voyons. Cela nous donne la possibilité de nous y enfoncer, de plus en plus loin et toujours plus lucides.

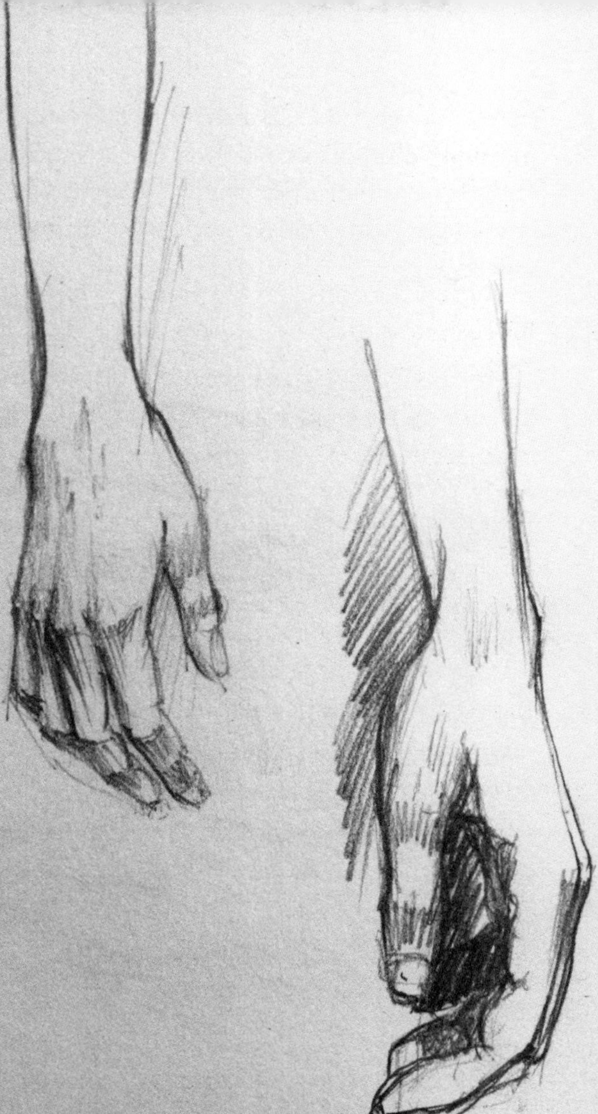

Cadrer, c'est éliminer. C'est évoquer implicitement tout ce qu'on a choisi de ne pas montrer. C'est parfois montrer mieux.

Je cherche de l'œil le verre où je veux boire. Il est bien rare, alors, que je m'interrompe pour regarder les jeux du soleil dans l'eau.

Le dessin dissocie l'aspect d'une chose de sa fonction.

Au quotidien, notre regard sur les choses et les gens est rarement contemplatif.
Il n'analyse pas beaucoup ce qui se donne comme « du visible qui n'aurait d'autre fonction que d'être vu » et nous le réduisons à sa fonction pratique d'information. Il est fait d'une succession infinie de menus gestes visuels, une trame que nous posons sur le monde comme un voile translucide, tissé par le besoin, le désir et par les habitudes de vision qui en découlent. L'éducation de l'œil par le quotidien est restreinte à la nécessité.

Dans le dessin, au contraire, on pourrait dire qu'il y a regard quand il n'y a pas habitude. Dégager le regard d'un « supposé connu », c'est déjà dessiner.

La nécessité du dessin est de nous dégager de nos nécessités.

Je regarde le verre où je buvais tantôt. Le mot « verre » est dans mon esprit. Puis il s'efface tandis que mon œil contemple l'épaisseur de la matière, les reflets qu'elle produit, etc. Ce n'est plus alors « le verre que je suis en train de regarder », mais « devant mon œil quelque chose, là, produit du regard ». À regarder longtemps le verre, je n'ai plus conscience de ce à quoi il sert, mais de ce que ça me fait.
C'est contempler.

Le nom d'une chose évoque le plus souvent le rapport usuel que nous avons avec elle. Le regard que nous posons sur une chose n'a pas affaire à son nom.

Le nom de la chose nous la cache, l'enfouit dans l'idée que nous en avons, au lieu de lui permettre d'apparaître dans la lumière d'un regard ignorant du mot qui la désigne.

On dessine d'abord avec les yeux.
Devant le dessin à exécuter, notre inquiétude est d'avoir affaire à l'inconnu, à un visible que nous n'avons pas encore exploré de cette manière.

Je dessine ce que je vois.
Mais que vois-je ?

Un tout-petit découvre le monde entier et doit apprendre à le nommer. Cette bête lui fait peur : il ne l'a jamais vue, il ne la connaît pas. Ça va mieux quand « C'est un âne ! » Le nom apprivoise celui qui nomme.
Dessiner nous remet devant ces impératifs de nos débuts : traduire, transposer, représenter pour connaître et comprendre.

Un dessin, adroit ou non, va à rebours du sens commun. On ne voit pas « ce que ça représente ». En se donnant à voir pour la première fois, il éclaire le visible à neuf.

Le dessin est une forme du souvenir. La réminiscence de quelques étincelles d'un présent qui se seraient arrêtées sur la feuille.

Regarder un dessin, c'est contempler le passé. Celui des gestes du dessinateur et celui de ce qu'il montre.

L'aspect du monde m'amène à la conscience de mon regard. Mais c'est dans l'après-coup. Tandis que je regarde, je ne suis que regard. Si je prends conscience de mon regard, je ne regarde plus.

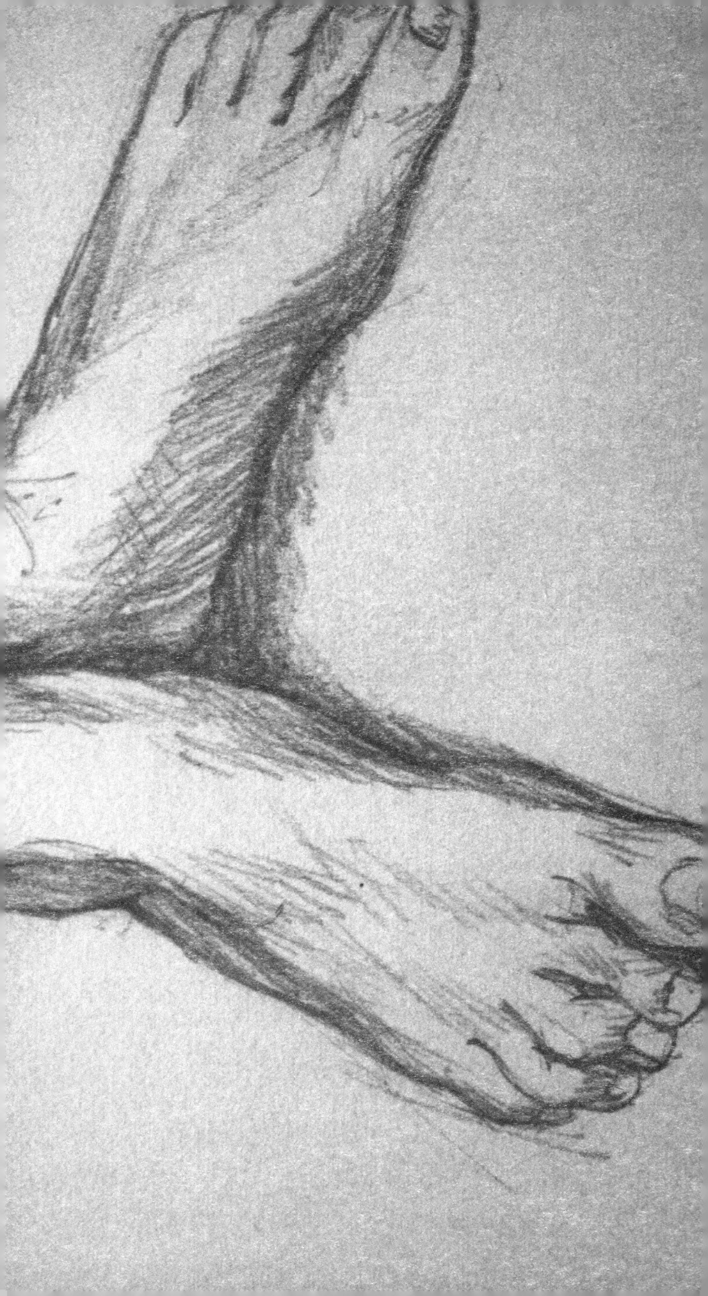

LE CORPS PENSE

Dessiner, ce n'est pas poursuivre ce que nous avons en tête et tenter de le décalquer, mais reconnaître ce que fait la main.

Saisir le moment où nous sentons comment la main va faire ce que les yeux ont vu.

Le dessin est dans l'intervalle entre ce que l'on a vu et ce que la main peut en faire.

Outre le savoir-faire, il y a ce qui se fait sans moi. C'est mon corps qui travaille.
On ne « maîtrise » pas.

Et pourquoi dessiner ?
C'est comme danser.
Pourquoi danser ?
Pour rien et pour tout.
C'est vivre, danser. C'est se quitter soi-même pour laisser parler son corps.

Ce que la main apprend à faire sur le papier, c'est à danser.

Laisser la main danser sur la feuille comme une ballerine qui garde toute sa légèreté sans rien sacrifier de sa rigueur. Allier la souplesse à la précision, la liberté à l'exactitude. Recommencer le même geste jusqu'à ce qu'il ait acquis la force de l'évidence.

Ma main en sait plus sur le dessin que ma tête. La deuxième se met souvent en travers du chemin de la première.

Sans qu'il s'agisse nécessairement de dessin automatique, la main a un rôle essentiel et souvent ses gestes imprévus – spontanéité ou maladresse – sont en amont d'une pensée que l'on croyait suivre.

Ce qui peut transposer la vie d'un sujet, c'est celle du geste, la trace demeurée sur le papier de nos mouvements. Ils montrent toutes les nuances de nos sensations, de nos sentiments tandis que nous dessinons.

Le dessin est la trace de nos gestes ; ce sont eux, plutôt que l'exactitude du détail, qui restituent le vivant.
Une fois de plus, le dessin « entre dans le réel » en prenant une place qui se superpose à son objet.

Le « Diderot » de van Loo, si riche et minutieux, ne restitue pas vraiment l'aimable vivacité et l'esprit flamboyant de l'écrivain comme le pinceau mouvementé de Fragonard[1] y est parvenu, fût-ce en sacrifiant la « vérité » des détails. Dans l'un, Diderot pose, dans l'autre il pense.

1. Selon des recherches récentes, ce portrait, si ressemblant soit-il, ne serait pas celui de Diderot.

Le geste marque la place inéluctable de la subjectivité dans l'œuvre même la plus académique, la plus impersonnelle.

Si personnel qu'il soit, mon geste m'est étranger.

La subjectivité n'est pas que celle de l'interprétation d'un donné visuel, d'un « ressenti » ou d'un « vouloir dire », mais aussi celle d'un geste qui n'est que le mien et qui m'échappe quoi que je veuille.

Là comme ailleurs, vouloir dire, c'est s'empêcher de faire, d'accepter ce qui s'impose. C'est parfois nier l'évidence.

ENTRE LES LIGNES

Le travail de la main est de transposer ce que les yeux perçoivent. Cela donne, entre autres, la ligne. Plutôt qu'une frontière entre ces deux temps de la pensée, observer et montrer, elle en est le trait d'union.

La ligne est une convention et elle établit bien plus un rapport qu'une césure. Il y a des frontières entre les choses comme entre les individus. La ligne est un moyen de marquer la forme, mais, plutôt que de l'emprisonner, elle nous guide et nous aide à la saisir.

Par sa vie propre, la ligne transpose la vie de ce qu'elle veut évoquer.

Transposer la vie par la ligne, c'est donner à celle-ci la liberté d'être autre chose que ce qu'elle doit représenter.

L'espace entre les choses est, lui aussi, un objet.

La rencontre de deux surfaces est une ligne autant que la ligne qui différencie deux surfaces.

Tracer la ligne qui sépare l'ombre de la lumière, c'est figer un mouvement.

Poser le crayon sur le papier, c'est mettre noir sur blanc. Mais le dessin, c'est aussi tout ce qu'on n'a pas mis. Le blanc laissé, choisi, est un silence. Il montre autant que le noir. Là comme ailleurs, on lit entre les lignes.

Le rythme des traits est la respiration du dessin, comme celui de la musique pour lequel on parle de battement, de pulsation.

La ligne relie autant par son « épaisseur » que par la suite des points où elle passe.

Elle est la trace d'un geste qui m'échappera toujours un peu. Je dois la reconnaître comme un phénomène inattendu parce qu'elle est sans doute plus intéressante que je ne suis capable de le voir. Et peut-être en tirer parti.

Regarder les lignes d'un dessin, c'est avoir affaire autant à ce que chacune signifie – seule ou en relation aux autres, comme les notes d'une mélodie – qu'à sa force, sa grâce, sa maladresse... sa beauté. Elle nous semble plus faible isolément et s'avère indispensable à l'ensemble.

La ligne est ce qui relie mon dessin au monde, quel qu'il soit : intérieur ou extérieur, visible ou invisible.

MAL VOIR

On ne dessine pas mal, on dessine.

Chaque fois que nous dessinons, nous avons un langage nouveau à apprendre.

Le dessin ne *dit* pas ce que l'œil voit. Si bien qu'il nous le rappelle, il le traduit. Et contrairement à l'adage, il ne trahit pas, il donne autre chose. Quelque chose de neuf. Nous *voyons* dans sa nudité première un peu de ce que nous *connaissions*.

On voudrait que la photo soit *la chose même*. Et la photo d'identité est la pire image de l'identité. Comme si la nôtre se réduisait à cet instantané. Et ce en dépit des tentatives de subversion répétées de ce mode d'identification, comme les manipulations d'un Michaux ou les photomatons désespérés d'un Bacon.

Le regard de celui qui dessine a deux objets alternatifs : ce qui est à dessiner et le dessin. Dans les deux cas, il faut voir et peut-être comprendre. Et il n'est pas plus facile de comprendre ce qu'on fait que ce qu'on observe. Comprendre ce qu'on fait ne tient pas tant au savoir-faire qu'au *comment-voir.*

Mal voir, c'est encore voir.

Dans le dessin de mémoire, on observe aussi. On regarde ce que nous restitue la mémoire, plus précise au fur et à mesure que le dessin avance. Il devient autonome et détachable du sujet. Il nous donne des images du passé pas moins fidèles que celles du présent. Il se substitue, encore une fois, aux résidus de la mémoire et prend leur place.

Les dessins sont les peaux mortes du regard. Il s'en allège et se fait de plus en plus affûté pour s'enfoncer dans le visible inépuisable.

Le dessin spontané, gestuel, sans sujet observé, fait appel à un processus semblable. L'adéquation se fait entre ce qui apparaît sur la feuille comme une nouvelle réalité et la pensée qui se transcrit.

La pensée du dessinateur devient ce que le dessin en fait. C'est un échange qui, plus que le contraire, va de la main à l'œil et de l'œil à l'esprit.
Le motif du dessin s'éloigne petit à petit du dessinateur, au profit de cette nouvelle réalité qu'est le dessin en train de se faire. Plus le dessinateur connaît son sujet, plus il le voit s'en aller.

Un éclair de lucidité dans la nuit, un temps de conscience entre deux néants.

Tandis que le regard se fait plus aigu sur le motif, celui-ci perd de son importance au profit de la cohérence interne du dessin qui devient le centre de l'attention. C'est ce qui fait que le dessin ne *restitue* pas parfaitement l'objet.

Rechercher la perfection, c'est quelquefois « vouloir tout ». Au lieu de rendre le vivant, on le pétrifie en thésaurisant. On confond lâcher prise et perdre.

Une des conditions du dessin, c'est d'accepter de perdre pied, d'être devant l'inconnu de ce que nous faisons comme si nous devenions quelqu'un d'autre.

Accepter que notre main, cette étrangère, nous emmène en des lieux qui se dévoilent à nos yeux alors que nous n'en soupçonnions pas même l'existence, nous conduise à des gestes ignorés et dont nous ne nous savions pas capables.

Tous les détails restitués d'un motif ne font pas un dessin.

Une œuvre n'est pas l'addition des morceaux qui la composent, c'est plutôt une structure qui se construit du contenant au contenu, du général au particulier, de l'ensemble au détail.

Il manque à un dessin qui se veut totalement spontané une part équivalente à celle qui fait défaut dans un autre qui s'affirme entièrement construit.

L'art n'est pas le seul fruit de la sensibilité ou de l'instinct, mais aussi de la pensée et de la raison. C'est dans leur rencontre que la création trouve son équilibre.

DEVENIR AUTRE

Celui qui dessine n'est pas celui qui voit et inversement.

Si impliqué que nous soyons dans une œuvre, il est indispensable d'agir comme si nous n'étions pas concernés.

Le recul que nous offre le temps qui passe a rapport à l'oubli. Comme si notre travail, devenu lointain, ne nous concernait plus.

Le regard d'un autre sur notre travail est une forme de recul, de même que le fait de reculer est aussi devenir un autre.

Mettre l'œuvre sous le regard d'autrui, c'est un peu la voir avec ses yeux ; c'est un moyen de nous rendre étranger à ce que nous avons fait.

Les dessins des autres nous apparaissent revêtus d'une autorité que les nôtres n'ont pas. Faut-il alors, pour qu'une œuvre ait quelque autorité, que l'auteur soit un autre ?

Quelle autorité ai-je sur mes dessins ? Ils m'échappent au fur et à mesure que j'avance.

La personne qui dessine n'est pas nécessairement la plus compétente pour comprendre ce qu'elle fait. Encore moins pour en juger.

Accepter l'incompétence, c'est garder de la naïveté. Celle d'entreprendre une œuvre et puis celle de la regarder comme telle.

Si j'ai quelque autorité sur mon travail, cette naïveté, cette inconnaissance fondamentale, indispensable à ce que quelque chose se passe, ne va-t-elle pas se dissoudre dans le savoir-faire ?

Les limites du savoir-faire se retrouvent à la fin ce qu'elles étaient au début : celles de notre corps. Mais on ne le sait qu'à la fin ; il faut faire tout le chemin.

Si aguerri soit-on, dessiner, c'est toujours commencer.

ÊTRE À L'ŒUVRE

Chercher le style, c'est le moyen de ne pas en avoir.

Mettre son style en évidence, c'est cacher, gâcher le dessin.

Expression de soi : inutile mise en scène.

Qu'on le veuille ou non, tout se voit. Un dessin se lit comme un livre : il y a ce qu'on voulait y mettre, parfois, ce qu'on y a mis comme on pouvait, le plus souvent, et aussi ce qu'on ne voulait pas mettre.

Les gestes, les accents qui sont la vie intime d'un dessinateur à l'œuvre, la marque sur le papier du cheminement de sa pensée, sont subordonnés, quelle que soit sa spontanéité, à l'idée qu'il se fait de sa pratique et mesurés d'autant.

Affiner le style, c'est surtout élaguer, tailler dans la prolifération des possibles qui surgissent et se ramifient dans l'œuvre en cours. Découvrir ce qu'on ne veut pas.

Le style, c'est accepter que la manière de faire soit subordonnée à ce qu'il y a à faire. Sacrifier *son* style au style.

Refuser le style, c'est mettre l'œuvre devant et l'artiste derrière.

Le meilleur des styles, c'est celui qui ne se voit pas.

Servir l'œuvre, pas s'en servir.

Dessiner sans se soucier a priori du style, c'est lui donner une chance d'éclore dans le travail.

Mes dessins ne sont pas à moi, je suis à eux. L'œuvre nous « fait » autant que nous la faisons.

Il faudrait enfin lire ces notes au conditionnel. C'est le mode du *peut-être* et du doute qui devrait être celui de l'art puisque c'est celui de la vie.

Bruxelles, 2019

DU MÊME AUTEUR

La femme qui chante
ONLIT Editions, Bruxelles, 2019

Le carré des Allemands
ONLIT Editions, Bruxelles, 2018, 2e édition

Le carré des Allemands, journal d'un autre
La Différence, Paris, 2016

Scènes d'amour... et autres cruautés
Zellige, Paris, 2015

L'homme, peut-être... et autres illusions
Zellige, Paris, 2014

Petit traître
Albertine, Paris, 2012

La Plage d'Oran
Albertine, Paris, 2010

Découvrez l'ensemble du catalogue sur
www.onlit.net

*Avec le soutien
de la Fédération Wallonie-Bruxelles*

ISBN : 978-2-87560-126-1
Dépôt légal : D/2020/13.394/46
Première édition : Novembre 2020
Imprimé dans l'Union européenne

Couverture : Studio Alvin